图书在版编目（ＣＩＰ）数据

相信归来 / 耿煦东著. — 青岛：中国海洋大学出版社，2020.1

ISBN 978-7-5670-2474-8

Ⅰ.①相… Ⅱ.①耿… Ⅲ.①诗集－中国－当代 Ⅳ.①I227

中国版本图书馆CIP数据核字(2020)第038868号

出版发行	中国海洋大学出版社
社　　址	青岛市香港东路23号　邮政编码　266071
出 版 人	杨立敏
网　　址	http://pub.ouc.edu.cn
邮　　箱	2654799093@qq.com
订购电话	0532-82032573（传真）
责任编辑	郭　利
装帧设计	祝玉华
照　　排	光合时代
印　　制	青岛海蓝印刷有限责任公司
版　　次	2020年4月第1版
印　　次	2020年4月第1次印刷
成品尺寸	126mm×195mm
印　　张	4.5
印　　数	1~2000
字　　数	80千
定　　价	39.00元

如发现印装质量问题，请致电0532-88194567，由印刷厂负责调换。

中国海洋大学出版社
·青岛·

耿煦东

相信归来

相信归来

诗集

等待出嫁

在这没有灯的屋檐
是篱笆挡出难的迷惑
这一刻
心悔如向社文融
痛不痛
有多少翅膀的冷漠

惟有
依望失怀的归光
心 方有一些坚定在内烁

今夜
是因有你唯一的誓言
始我的故事
添些许苦涩的执着

作者简介

耿煦东

一九六八年生于青岛。新闻媒体人。自中学时代开始在国内诗歌刊物、青年类报刊发表文学作品。二十世纪九十年代初,有部分诗歌作品被选入当代诗歌选集及被海外华文报刊发表。

岁月不会归来

戴升尧

Preface 序

《相信归来》是一本压在箱子底二十五年的诗集，当年辗转了三个出版社，定价一元两角，当时需要交两千元钱"巨款"保证印刷数量，那时的我们清高且有傲骨，视金钱为粪土，诗集就这么尘封了起来。这是属于我们那个年代众多文学青年的故事，也是我们逝去的芳华。

我和耿煦东先生共事了近三十年，虽然在工作上有过短暂的几年各奔东西，但一直没分开过，彼此心灵相通，风雨中相互搀扶，是同桌，是睡在上铺的兄弟。

二十世纪九十年代初，我们是一家小报的同事，煦东负责编辑副刊，那时他有一个笔名——杨曼。这个名字无论是读者还是投稿的作者，都误认为他是一个女孩。而他这个笔名的由来我是知道的，他从小在外公家长大，和外公感情很深，而他的外公是青岛市著名的书法家杨曾涛先生，他用外公的姓，以英文"Young Man"谐音起了这么个名字，译音"曼"这个字也是专门用于男人的名字的，或许又因为他的诗歌很细腻婉约，外界都把他当成了女人，闹了很多笑话。更有意思的是，青岛当地有个专有词"大嫚儿"，专指没结婚的女孩子，所以我们平时喊他的名字就成了"杨嫚儿"，至今那些老伙计还是这么称呼。

那时候我们创作热情很高，彼此很关注，创作上取得一点成绩，都要喝个小酒庆祝一番。这本诗集中的大多作品创作于八十年代末九十年代初，主要发表在诗歌刊物和青年类报刊，一些作品被选入当时发行量很大的诗歌选辑，还有几首被介绍到了海外华文报刊。煦东从中学时期发表诗歌作品，用他的话说："也就写了百十来首"。作品的成熟时期是在九十年代初，有一些作品被拆成段落句子印在了成套的类似书签一样的精美卡片上，"那时候印这些东西也没有版权，也找不到是谁印的，呵呵。"偶尔提起这些往事，煦东带着稍许的自豪感。是的，那个年代的自豪感，或许是安于清贫，用他的真诚和热情，诠释迷惘中的青春，更多的是心灵安放在何处，牵扯不到多少物质。不是为了流浪/却在迷途中相逢/我们的故乡都很远/梦却很真/为寻一块自己的天空/岁月已沧桑了少年。这首《心的贵族》最能代表当时的心境和青年人追求未来的诘问。当我们今天重读，社会变迁了，现实却没有了血色，沉沉地又压在不断追求美好生活的年轻人的心上。你/有了渐渐成熟的脸——如秋幕般/我呢/总想筑一个巢/携你一同归来/虽说我们衣衫褴褛/心/却是永恒的贵族。应该说，这是诗人的敏感，捕捉到现实与未来的本质，是站在现代都市的高楼大厦上，俯瞰芸芸众生——虽说当年的城市，超过十层的楼宇并没有几座，而楼宇之上，他是孤独的。而今天，冷艳的摩天大楼如森林般遮掩了视线，那么多楼宇背后/有多少阴影和遗漏/阳光照不到的角落/朝着缝隙中的天空嘶吼/一声/一声声/没有回声/也不回首。这是写于近几年的《还是相信春天吧》，这次他没有站在高楼之上，却在这个繁华都市的街角，宛若一个拉着小提琴的乞丐，没有放下最后的尊严，他依然是孤独的。

诗人是浪漫的，细腻的。这本诗集里能看出作者的心路历程，看出他的简单与纯粹。煦东生长在一个教师家庭，他没有任何的农村生活经历，却刻意把农村雕琢成世外桃源或者是田园油画。是呵／又一次拾着／河边的草叶／都市／已不在耳边嚣响／梦回——结着鬼故事的老槐树下／玩伴们总想／把那口锈蚀的古钟／敲一声脆响。这是《关于故乡》，这是静止的画面，美轮美奂的，是浪漫的想象，甚至是诗人的造作。在年轻时代，他的作品里多有提及故乡，然而，想象中的故乡是受电影画面表现艺术影响的，这也是作者创作短诗歌作品喜欢用"长镜头"，默默静止，闪出再闪回，……又一班车进站／梦远——匆匆擦过的人群／看不清面庞／不敢遗落了脚步／只是瞬间的回想／总有一丝淡淡的什么／始终／盘在心上。正是这最后的句子，证实了遐想中的田园生活，以及厌倦冰冷都市的一种刻意逃避，而刻画最到位的依然是都市人的落魄心境。然而，真正的田园生活存在吗？这几十年，正是农村社会溶解的过程，农业人口的迁徙，村庄的凋落，只是作者不愿意面对现实，执意把农村生活和山野风光融为"故乡"，反而证明了他是一个没有"故乡"的人。

诗人又是脆弱的，这本诗集里清晰地看出他内心的挣扎与成长，更能看出他的坚守与不妥协，和坚守中的迷惘，不妥协的痛苦。社会环境的变化猝不及防，坚守意味着穷困与潦倒，生活的重担似乎一夜间压在了肩头，我们年龄相近，看着彼此恋爱、结婚、生子，为家庭生计而奔波，也是一夜间，煦东再也不谈诗歌或者文学，偶有场合上我们提起他年轻时代的作品，他甚至还带愠怒。那时我们都在媒体的广告圈，张口闭口都是"投放""折扣"，是和客户的斡旋、争吵，没有一点儿人情味的扣罚制度，为了养家，拼命应酬，他真的是不看重金钱，却为生存痛苦着。这种痛苦，也和他那当老师的父亲，一直坚守一种老知识分子的清高有关——从小在家里不允许谈论金钱。然而，等到他成长起来，一切都变化了，在裹着泥沙的汹涌潮水里挣扎，坚守是狠狈的。也许/孤枝衬出的冷冷月痕/是不再漂泊的心/在无奈的顾盼里/沉淀了最凄美的真/不再有/笑靥相伴的夜晚/不知道/忘却是不是沧桑过后的单纯。这是《苍茫时分》，这是内心挣扎过后的放弃。那些年，火热的经济大潮让人们变得狂躁不安，生活里没有诗歌甚至也没有文学，他的内心似乎被彻底湮没了。努力做好广告业务，在文人云集的媒体里他自嘲"认真做着三等公民"，偶尔在一些客户的广告版面上或马路上的广告牌上，能看到他创作的广告语——那是服务客户时"赠送的"。这种沉默，屏蔽了嘈杂，多了入夜后独处的心痛。诗人往往是带着悲情一路走下去，心中却不断幻化出光芒四射的那一刻，放弃了又要挣扎，呵护那份自恋心结。在这没有灯光的角落/是等待出演的迷惑/这一刻/心悸和向往交融/看不清/有多少翘首的冷漠。《等待出演》把这种挣扎刻画得淋漓尽致,他期待着有人去理解,期待一点赞美和对这份坚守的肯定,你曾关怀的目光/心/才有一丝坚定在闪烁/今夜/相信有你惟一的掌声/给我的故事/添些许善意的执著。他确实不需要很多人去理解,只要我们这为数不多的几个老友去理解,他就满足了。他就是这样渴望精彩,渴望这份坚守能修成正果,渴望简单的幸福,但最终他只能靠自言自语,像卸去了演出服的夜归人。没企盼过掌声/不在乎今夜能否落幕/只是这份坚持/正是最难捱的残酷/不知道/这种挣扎/能不能撑到结束。那种坚忍,在《剧中人》里变成了自卑,没有掌声的出演,注定剧里剧外都是悲剧。蓦然/灯光亮了/在小提琴悲凉的独奏中/享受这份没有喝彩的孤独/却发现/早已为你而哭/此时/已分不清是在剧中/还是沉浸在现实的迷途。他似乎认命了,累了,他为拼搏中疲惫的自己,流下了泪。他的作品里,有着浓浓的忧郁和忧伤,但总是透着不甘心和执著。

二〇〇〇年以后,几乎没有任何预兆,我们原有的生活架构被冲垮了,书信没了,贺年卡没了,"文友"这个词也消亡了,取代的是短信、QQ、博客、微博、微信……煦东这个时候开了个博客,取了个网名——秋瑟满江。博客里写了一些随笔,主要是记录孩子的成长,偶尔也发一些摄影作品。诗歌确确实实被他抛弃了,是的,我们变俗了,已经"堕落成人"。每天为了孩子的成长而操劳,我们的育子观如出一辙：平等沟通和溺爱有加。我们常念叨，不想让孩子走我们年轻时那么辛苦的路，最好是没心没肺。

那几年，短信和微信渐渐替代了原有的社交方式，煦东经常在过年的时候，写一些短句，用作拜年，可能是不想落俗套吧。"快餐文化，谁闲着没事看诗歌呀，押韵的句子好听而已。"煦东这么解释，否认他又在创作诗歌。这本诗集里最后一小辑里很多春天主题的作品，大多出于此，在手法上更像歌词，过于讲求押韵和段落的对仗，早已没有之前作品里的那种柔中带刚的洒脱和精巧，但依然能显示出作者内心的温情和激情，也可窥见其驾驭诗歌语言的功底。而对于早期的作品，煦东说是"有的不堪卒读，删去了不少，有的再也写不出了"。他似乎早就适应了没有诗歌的年代，我们曾经的诗意年华，就这么轻轻地抹去了。而今，微博、博客又被抛弃了，"咸"段子横飞，漫画铺天盖地，短视频"吱哇乱叫"，时代的变化应接不暇，人们从浮躁又走入了焦虑，却依然不是读诗的时代。我们学会了哂然一笑，这种平淡似乎真的是在割舍岁月。*曾经祈祷于苍穹/逃亡于轮回里的蓦然注定/岁月在折叠/挣扎在/窄窄的一方星空/沥干了梦*。这首《相信重逢》恰恰是那首年轻时期《相信归来》的结局，这是在后期不多的几首作品里真切地看到岁月是怎么把平淡炼成的。无论多少挣扎与梦，似乎上天早已安排了过程，也安排了结局，这或许是宿命？是的，经历了人来人往，聚散无常，我们会感恩周围还在爱着你的人，无论是在身边还是远方。是的/电话那头的声音如初/再也没有说过孤独/蒙蒙的冬雨如雾/轻轻/翻起的叹息如散文般窸窣/曾经的远方呵/竟然是流浪的归途。这首《远方与归途》似乎在告诉我们，岁月中我们沉淀下来的是什么。一路向前翻滚，我们裹了厚厚的壳，一路奋力穿行，我们遍体鳞伤。此时，我们不会敲碎这壳，也不会去揭开伤疤，我们知道，这壳里面依然是柔软的心，这伤疤下，依旧有着汩汩而流的激情，在这冰冷而坚硬的世界里，需要的是温暖而温柔的心灵之手，轻轻抚慰。

这些诗歌作品，就是这温暖而温柔的手。

是的，回首我们的青春，还算是精彩。而逝去的岁月，也不会归来。

写于二〇一九年九月

作者系青岛市作家协会副主席

Contents 目录

听一首歌

诉 　002
等待 　003
岁月倾诉 　004
不要问　遇见是不是偶然 　006
二月梅 　007
爱人 　009
读你的信 　010
站台 　011
就这样走吗 　012
听一首歌 　014
阳光　雨季 　017
红水晶 　019
爱 　020
台灯下 　022
我的话 　023
重读五月 　024

相信归来

苍茫时分 　030
六月 　031
相信归来 　033
等待出演 　034
午夜潮 　035
风中 　036
心的贵族 　038
释然 　039
梦别同窗 　040
归来 　043
忘却 　044
逆 　045
别绪 　046
关于故乡 　047
船长老张 　051

习惯夜色

一九七六　056

喝彩　057

光辉岁月　058

背影　060

习惯夜色　061

像我这样的朋友　063

舞之夜　064

告别　065

根缘　066

真　068

剧中人　069

父亲　070

老王　072

相信重逢

唇色　076

相约着看一场电影吧　相约着说圣诞快乐　078

没有告别的平安夜　080

新的一天　082

远方与归途　087

新的一天　是春天　089

有这样一种光芒　093

岁月唠叨　095

在流连　097

还会遇到你　100

你的温暖　就是我的春天　102

电影天堂　104

还是相信春天吧　106

相信重逢　109

看得见春天　就好　110

也许吧

忘却了许多冬天

仍要经过落叶的时节

不想在乎伤痛

为什么身后

又悄悄起了风

Chapter One

听一首歌

诉

曾经不止一次
寻一种惊喜
给没有柔情的夜晚
添不必太多的话语
总想　找一个借口
等着你
诉　在秋风中想念的心绪
也许
无意中转身
又要开始一段心痛
凝望的眼波里
诉
太多远方的无助

等待

并未许诺过什么
却在等待一个空茫茫的回答
你如画的含羞
搅碎过许多无风的夏夜
不　你不要来
不想让倚窗的祈盼
湮没柔光铺成的向晚
但愿明天不会来临
失落　就不会来
哦　等待
竟是无意中写就的一个
淡淡落寞

岁月倾诉

儿时
和着一首老歌谣
拍手
直到睡在妈妈的怀里
醒来
却为你飘过的长发
赞叹　鼓掌
呵　爸爸栽下的那棵刺槐
已扭结着太多斑驳的色彩
纷落的
是一个个故事的片段
仿佛在诉说
碎片般闪光的岁月

其实
早已模糊了记忆
是不是在这个五月
遇着
油纸伞和丁香姑娘
定格在戴望舒那——
悠长而幽怨的巷子里
还有那回眸时缓缓展开的长发
携着雨滴
悄然 溜进我的池塘里

不要问　遇见是不是偶然

昨夜
又梦见一回
那沾满雾珠的长发　如帘
伴着微风
打湿了满桌纷乱的诗笺
你用含笑的叹息
逼我兑现
一个洒满月光的夜晚

只是梦里的夜晚
却恍惚般短暂
哦　愿这悠长的眼波
留驻繁花暗结的三月
看一抹春红
把梦醒的苍白涂满
你悄悄地来了——
真的　不要问
遇见是不是偶然

二月梅

没有问过北方
隔海的情话
是怎样冻结成透明的目光
寒风裹雪的曲调
是不是　也浪漫地称作"悠扬"？
每一个日子
放飞一串串渴盼与惆怅
凭系在滴雨的舷窗
江南的冬呵　为什么
也有丝丝点点的微凉？

不想问
明天是否依旧迷惘
心　早已随着爱人流浪
一笺情书刻着太多的等待
把这种心情　诉给北方
于是　北方的天空呵
洋洋洒洒
飘满结晶的泪光
相信重逢
总会融化冰季

可知道　二月的梅

最冷的时刻

你正飘着悠悠芬芳

爱人

是船
载我在纯蓝的海面
把夕阳伴归的柔情
流泻在顾盼的双眼
如晴天

是岸
留我在熟睡的岬湾
依偎相伴的柔情
感叹潇潇风雨的昨天
心在流连

是伞
拢一颗心在雨季的傍晚
沿老街的石板路
拨开门前的雨帘
爱　默默无言

读你的信

其实
我知道相思的苦楚
咫尺无奈的距离
望不穿那一泓
秋水的孤独
你总是衬着黄昏的影子
叮叮咚咚弹着
那首幽怨的《心爱无诉》
我的手
也许触不到你纤弱的温柔
而心　也驶不出你半雨半晴的海
夜色里
只有把这些化作呢喃低语
躲在城市的角落
深情地　深情地
——读你的信

站台

雨夜
天桥上昏黄的灯晕里
斜织出摇曳的背影
再一次　默默
看着缓缓驶出车站的相思
那种心情　又北上
我知道
你在小镇的那座石桥上
也是轻轻唤我吧每夜？
迷蒙中
将燃尽的烟头轻抛出一弧
淡淡的忧愁
一边在黄海
一边在塞外
三月
我会用那支海蓝色的水笔
沿着青芒的铁轨
划出一趟旅程
清晨　我的心
就会抵达偶遇的站台

就这样走吗

不止一次
用目光感觉你的心跳
颤颤地
抖落许多秋日的斑驳
不止一次
笔尖滑过用笑容装饰过的烦恼
无声地
收获着不敢细品的青果

就这样走吗？

渐远了　沙啦啦微风拂起的心潮
雨送黄昏
雨送一个悄然的孤魂
在没有背影的徘徊里
想起　磕磕碰碰的日子
是呵
这就是你清傲且含羞的眸子呵
搅碎道别的潇洒

就这样走吗？

难道
就真的用无言书写别离
读不懂一声珍重的词义
叮叮咚咚　是不敢触摸的脉鼓
纷乱　微悸
就这样走吗？
就这样将我们的故事
交给尚未来临的冬季
冰封起你昨日的娇美
我——
就这样走吗？

听一首歌

听一首歌

揉碎了的记忆

怎么　又组合在梦中

飘忽的眸子

默默

为一个有缘的错过

浸湿雨季

所有的宣言

都已躲在那轻刻的皱纹里

也许吧

忘却了许多冬天

仍要经过叶落的时节

不想在乎伤痛

为什么身后

又悄悄起了风

告诉你——

爱情就像窗前的心

没有约定什么

却一直等候

阳光　雨季

●听一首歌

其实
早已模糊了记忆
是不是在这个五月
遇着
油纸伞和丁香姑娘
定格在戴望舒那——
悠长而幽怨的巷子里
还有那回眸时缓缓展开的长发
携着雨滴
悄然　溜进我的池塘里

其实
那是年少的记忆
我的五月　总是雨季
岁月
偶尔也会与梦境重叠？
片段　却在回首时剪辑
为什么阳光　会霎时亮丽
没有了丁香
只有清纯的荷
悄然　盛开在我的池塘里

我的五月呵
从此告别雨季

红水晶

如月色的荧光
朗朗的　弥漫在林间路上
如琴声的悠远
轻轻地　随眼波荡漾
那晚　那风吹起的笑声
是记忆里的长发
是化不开的芬芳
此刻的玫瑰
滴着露珠与幽香
如红水晶般
总是挂在心上

听一首歌

爱

是夜海里的两颗星辰
沿着晶莹的苍穹
划出弧线
碰撞又凝聚
点亮了黑暗里的眸子
从此
心底不再有云

是湖畔垂柳温柔的手
触着倒影里的思绪
轻轻荡着
一波又一波
轻吻在你褐色的胸膛
此刻
思念是缠绵的手

是风撩起长发的线条
是藤与树的缠绕
是溪与石的争吵
是帆与岸的依靠

是牵手

牵着斜阳

背影长长的林荫道

听一首歌

台灯下

不是想你
是想曾经有你的岁月
借着昏黄
读遍相册

不是想你
是想年少时的傻傻快乐
烟头闪灭
片刻寂寞

一段一段拼接
蔚蓝或者粉红色
再也没有彩色的夜
只有台灯下
渐渐变调的老歌

我的话

我的话
早已遗落在迷蒙的七月
一串笑声
串不起磁带里的变调老歌

我的话
是苦夏里湿漉漉的灼热
砰砰的节奏
是闪烁在夜空里的焰火

我的话
是一个少年的失语
是梦醒后的独白
是一幅风景油画
一把伞
半个湖畔
和渐渐失去的颜色

重读五月

每每翻起相册
总忘不了重读五月
是滴露的蔷薇
点缀着老街
和石墙上的落寞岁月
唰啦啦
风　拂起了芬芳
绛紫色的落英满地
那是少年的情话
湿漉漉　凋零了这满园春色

是的
五月有暖洋洋的笑脸
五月
也是雨季

我的话
早已遗落在迷蒙的七月
一串笑声
串不起磁带里的变调老歌
我的话
是苦夏里湿漉漉的灼热
砰砰的节奏
是闪烁在夜空里的焰火

但愿

梦会变成故事

心　不再流浪

相信归来

就像相信一次约定的重逢

Chapter Two

相信归来

苍茫时分

也许
孤枝衬出的冷冷月痕
是不再漂泊的心
在无奈的顾盼里
沉淀了最凄美的真
不再有
笑靥相伴的夜晚
不知道
忘却是不是沧桑过后的单纯
扬起目光
扬起单薄的手与风相吻
海　我曾真诚地问：
从梦中醒来
总是苍茫时分？

六月

每年
都有很冷的风
拂过初夏的夜
我用诺言
给久远的信念
再上一遍绿色
相信　有一个世界
是用少年的心作动力
是用年轻的臂
擎起一方无瑕的蓝天
又梦故人
又梦落花纷扬的雨
打湿并不遥远的记忆
孤夜
看遍地落英入泥
时光却了无痕迹
只有把悠悠的歌
打包　邮寄
那无泪的六月呵……

也许

孤枝衬出的冷冷月痕

是不再漂泊的心

在无奈的顾盼里

沉淀了最凄美的真

不再有

笑靥相伴的夜晚

不知道

忘却是不是沧桑过后的单纯

相信归来

曾经

潇洒告别了家

到海的那边

寻一个儿时模糊的梦

读川山古月

听扬子江歌

直到蹒跚着归来

唯有

渐渐粗糙的心怀

相伴一丛卷边的诗情

但愿

梦会变成故事

心　不再流浪

相信归来

就像相信一次约定的重逢

等待出演

在这没有灯光的角落
是等待出演的迷惑
这一刻
心悸和向往交融
看不清
有多少翘首的冷漠
你曾关怀的目光
心　才有一丝坚定在闪烁
今夜
相信有你惟一的掌声
给我的故事
添些许善意的执著

午夜潮

总有
许多夜的柔情
织着醉人的风景
给海一种自由
潮
就渐渐湮没你的眼睛
心中
有我进出的最后辉煌
挣扎在你如风如吼的喘息
一澜一澜
击飞现实和梦境
或许是生与死的澎湃
亘古不变的节律
是血和泪的交融
又宛若一波波
窸窣伴低语的
潮
冲起　退去

风中

数一数昨日编织的梦景
铺满了多少无语的心程
挥一挥手
拂去了太多的伤感往事
和一个渐渐磨损的背影
也许在风中
独赏一曲落花残红
也许在夜里
独品岁月多情的迷蒙
是否
记忆就是那个斑斓的青春故事
让自己执著地等在
冷冷风中

你似水的目光
伴心的低语
荡漾起一曲幽诉
三年
就这样脉脉且默默地走过了
是不是
我用诗笺扎起的纸鸢
也会伴明天的汽笛
扯痛这份看似淡淡的分别

心的贵族

不是为了流浪
却在迷途中相逢
我们的故乡都很远
梦却很真
为寻一块自己的天空
岁月已沧桑了少年
你　有了渐渐成熟的脸——
如秋暮般
我呢
有了一个铁骨铮铮的誓言
总想筑一个巢
携你一同归来
虽说我们衣衫褴褛
心
却是永恒的贵族

释然

只是走在了雨中
才觉得灰蒙的天
也是一种无语和沉默
车　掠过身边
掠过一路哗然
仿佛
我黑色的伞下
总有太多真实的尴尬
相信雨天
也会理解这份心情吧？
好让我
一个人走过沉沉的雨季
释然雨中
是一种独处的潇洒

梦别同窗

总有一种心情
如秋的色彩
纷乱而且无声
你似水的目光
伴心的低语
荡漾起一曲幽诉
三年
就这样脉脉且默默地走过了
是不是
我用诗笺扎起的纸鸢
也会伴明天的汽笛
扯痛这份看似淡淡的分别
不要呵——
请倒回这段胶片
拾回初聚的快意
你挥着手
再一次
缓　缓　地　来

归来

也许这就是梦中盼过的场面
在鲜花和掌声中只有默默无言
一个凝重的军礼
遮不断眼中淋湿的战火浓烟
战壕中潇洒相约
没有兑现重聚的诺言
惟有一张照片
相伴对月独酌的凄然
念你千日的爹娘
亦泪亦笑　将你轻唤
是的
这是辉煌的归来
也是你悲壮的凯旋

忘却

携手苦熬的日子
——容易忘却
共撰沧海桑田的故事
——容易忘却
年轻的誓言渐渐风化成苦涩
不会忘却的是伤到极处
不会忘却的是
彼此的忘却

相信归来

逆

风与风相逆

受伤的是左右摇曳的幼树

雷与雷相逆

受伤的是晶莹透澈的天幕

路与路相逆

受伤的是疲惫不堪的跋涉者

人与人相逆

受伤的是

那份早已脆弱的孤独

别绪

虽说相聚时那首歌谣
已透着离别的惆怅
仍要为这青春的道别
再一次执著地鼓掌
相信
这七八颗如星辰的心灵
在你挥别的归途
闪着　一点点温柔的光芒
望一眼
渐已成熟的面庞
朦胧了
窗外正在弥漫的忧伤
是呵
应该扎一个花环给你
怎奈　只有风
把深秋的草叶吹响
愿这潇洒的祝福
穿过那永远的长发
如歌声般飞散着
悠扬
悠扬……

关于故乡

最喜欢
外婆的那根面杖
多少缠缠绵绵的童话
和着面团
揉得浓香
还是那段土坡
跷着脚　守候黄昏
总有一个货郎
捎回　山外的风光

是呵　又一次拾着
河边的草叶
都市　已不在耳边嚣响
梦回——
结着鬼故事的老槐树下
玩伴们总想
把那口锈蚀的古钟
敲一声脆响

又一次轻抚着
青藤编织的栅栏

浮满土末的秋千
仍在空空地摇荡
只是
不见了邻院的小翠
童年　她是我的新娘
……
又一班车进站
梦远——
匆匆擦过的人群
看不清面庞
不敢遗落了脚步
只是瞬间的回想
却总有一丝淡淡的什么
始终　盘在心上

船长老张

一张黑白照片
记述着彩色的青春
时明时灭的烟斗
映入无光的瞳孔
那是锈蚀的航标
摇曳着　一片夜色苍茫

每年的清明
一炷香
一杯浊酒
一个呢喃的名字
一丝如烟的笑意
一首哼呀的水手老调
弥漫在黯淡的老屋
几个邻家的顽童　呆呆地听着
半个世纪前的往事

那是某个黄昏
一封信
一个波涛般的邮戳
一轮铸成铜色的唇印

一双灼亮的目光

顿时　老屋里传出

一阵哭　一阵笑　一阵歌

于是　故事有了结局

船长老张——

和他满头银发的新娘

习惯夜色
就像习惯等待一封远方的信
把所有的情绪
简化为
潮水般呼吸的节奏

Chapter Three

习惯夜色

一九七六

那一年
我背起书包走进了小学校园
我的老师
头上扎着一对羊角小辫儿
那一年
街上的标语依然鲜艳
身上的衣衫
还是一成不变的灰和蓝

有一天
爸爸背起了行包
要去抢救伤员
妈妈流着泪说:
唐山啊,唐山!

那一年
春天的花圈
秋天的盛典
一刻不停轮番在上演
只有街角疯闹的孩子
看不懂大人们流泪或狂喜的脸

喝彩

独行在昏暗的街头
相逢了
目光里却没有陌生
伸出手
感觉你山一样的沉默
是的
沉默也是一种温柔

哪怕故事
没有高潮也没有结束
哪怕心
依旧在飘忽的人群里
冲撞与失守
我是惟一的观者
等待最后的落幕
喝彩
你依旧是孤独的舞者

光辉岁月

岁月总是有些艰难
你的手
却如此温暖
你的目光
是乌云缝隙里的一缕晴天
你的话
是寒夜里惟一亮着的灯盏

是的 岁月总是有些艰难
这一程
或许注定没有绿荫和草原
相信今生遇着
一定是有因缘
我们或许衣衫褴褛
脚步蹒跚
却始终用信念
在风沙半掩的路碑上
镌刻一个春天

每一句独白
都是来自那本残破的原著
渐渐走入
华丽布景下突然打亮的那束灯柱
没企盼过掌声
不在乎今夜能否落幕
只是
这份坚持
正是最难捱的残酷

背影

将记忆的碎片
从流逝的岁月小溪中
一片片网起　串起
悬挂在你离去的那个路口
风干　滴滴答答的泪水
风干　昨日雨季里
那潮湿的心绪

习惯夜色

习惯夜色
就像习惯等待一封远方的信
把所有的情绪
简化为
潮水呼吸的节奏

习惯夜色
就像习惯独自感受轻柔的风
闭着眼睛
感觉你
感觉恋爱般的温柔

习惯了灯下迷人的昏黄
习惯了未灭的烟头
和半杯微微晃着的啤酒
习惯了从不开启窗帘
习惯了镜子前的嘶吼
习惯了没有白天来临
习惯了这份独处
和这份夜色
漫漫没有尽头

像我这样的朋友

是的
我满含深情伸出的手
拉不住太多的人
沿目光或手指
感觉夜晚里
这份执著与温柔

是的
从没在青春里回首
一起祈祷　一起狂吼
那些泪水或歌
伴着年华
瞬间就被风吹走

是的
这座风雨飘摇里的木桥
一直伫立　坚守
是的
像我这样的朋友

舞之夜

只有一串清冷的钟声
敲着固定的节拍
裹着栈桥的风
面向海
是我们面对新年的虔诚

只有整齐的脚步
不再匆匆
有悠扬的口哨声
有海面上一闪一灭的
指引着归航的灯
只有今夜
只有这澎湃的潮声
告诉你
青春没有定格
也没有永恒
只有这一群夜色里的眼睛
如闪烁的星星
一二三
起舞

告别

没有任何理由
在这夜色里
扔掉了温暖的烟头
彼此挥了挥手
转身想忘掉
这一次年轻的聚首

没有任何理由
再点燃一根烟
手臂延伸的尽头
黯淡的红光
是想像中的早晨
太阳般的温柔

青春的告别
是痛
是故意的放弃
却装作不小心中遗漏
不再相信迷人的色彩
只有在叹息里
默默承受

习惯夜色

根缘

不知从何时起
路变得这样远
多少关于家乡的童话
只能从父亲那吱吱作响的摇椅中
一声声编织出来
那是奶奶手里的
一件暖暖的坎肩

总想知道
自家果园里的青涩果子
是不是红了
在浓浓淡淡果香里奔跑的孩子
那是父亲
无忧而奢华的童年
偶尔记起了年轮
叹息
透过窄窄的楼宇间
又一声声编织出来
是的
拾起的岁月依然
根也依然

真

从来都是相信
海的本色
永远湛蓝
总有亘古的船歌
一年年这样唱起
如潮水

从来都是相信
潮的本色
涤荡不息
总有柔情或者刚烈
一波波由着性子
如呼吸

是的
从来都是相信
你的本色
是真

剧中人

每一句独白
都是来自那本残破的原著
渐渐走入
华丽布景下突然打亮的那束灯柱
没企盼过掌声
不在乎今夜能否落幕
只是
这份坚持
正是最难捱的残酷
不知道　这种挣扎
能不能撑到结束

蓦然
灯光亮了
在小提琴悲凉的独奏中
享受这份没有喝彩的孤独
却发现
早已为你而哭
此时
已分不清是在剧中
还是沉浸在现实的迷途

父亲

一盏黯然的街灯

慢慢靠近

慢慢点亮稚气的面孔

这一段路

看不清远处

还要走过多少模糊的路口

一个单薄的背影

一直在前方

偶尔转身　偶尔扬起手

那一丝笑容

那一丝坚定

告诉我

路很远　要慢慢走

或许

青春只有热忱与梦

只是踉跄

会遗落过多的真诚

坚信那夜

有远方

还有远方的虹

习惯夜色

老王

好多好多故事色彩
轻描淡写
涂在你的脸上
好多好多岁月轮廓
层层叠叠
画出许多年轮沧桑
如今的街市
早已不是儿时脚下的村庄
没有了菜园
没有了嬉戏的池塘

今天
你讲起往事
讲起　节气也是一种风光
于是
我们年轻的目光里
透过都市的楼群
透过一条条车流
随着你的叹息惆怅
这种心情
刚刚懂得

没有任何理由
再点燃一根烟
手臂延伸的尽头
黯淡的红光
是想像中的早晨
太阳般的温柔

曾经失散了
曾经有约定
曾经相信一定会归来
在同样的心境里
相信同样的重逢

Chapter Four

相信重逢

唇色

忽然间的一个午后
你迎面走来
衣衫爽爽的
笑容却是灿烂的
不经意间倾泻了长发
在老街的石阶上
与树叶一起飞舞

风是甜甜的
心情却是温暖的
恍惚了岁月
褐色石墙泛着依旧的光泽
耳边就又响起了
那首吉他伴奏的老歌——
曾经的一群少年
就这样唱着　欢呼着　张扬着
青春的快乐

快门声中
我的歌悄悄飘远了
你的十七岁却渐渐清晰了

那目光如湖水般清澈
此刻　你的青春
被阳光包裹着　氤氲着　漫延着
芬芳与婀娜
其实　所有的美
是你含羞而笑的瞬间
和那一抹不敢轻触的
淡淡唇色

相信重逢

相约着看一场电影吧　相约着说圣诞快乐

那么多故事那么多诉说
一字一字地敲在角落
那么多笑容那么多沉默
你躲着仿佛没有来过

我说起月亮你抬头看月色
心跳呼吸似乎可以触摸
那一份感动那一份执著
总想要为你唱一首歌

相约着看一场电影吧
相约着说圣诞快乐
忽闪的银屏是眼睛在闪烁
遥远的你　圣诞快乐

相约着看一场电影吧
相约着说圣诞快乐
触不到的手隔空轻轻相握
今夜的你　圣诞快乐

是的
电话那头的声音如初
再也没有说过孤独
蒙蒙的冬雨如雾
轻轻
翻起的叹息如散文般窸窣
曾经的远方呵
竟然是流浪的归途

没有告别的平安夜

又是一个很冷很冷的夜
被风吹得灯光也遥远了
恍恍惚惚有些不太真切
依旧是栈桥边上的那片海
依旧伴着身后老教堂的钟声
隐隐约约有些摇曳

又是一个很冷很冷的夜
二十岁的身影也遥远了
模模糊糊没有在意岁月
依旧是广西路上的那站牌
依旧伴着红房子餐厅的烛火
似乎时光悄悄重叠

那天说再见了吗
那天你挥手了吗
昨日的你的座位　你的羞怯
你的叹息和你痴痴望着的烟头
正在幽怨着熄灭

那天说再见了吗

相信重逢

那天你挥手了吗
昨日的你的咖啡　你的雪月
你的伤感和你默默低垂的眼神
如长发那般体贴

新的一天

霎时的霓虹和烟火
失去了颜色
冷冷的夜
凝结了沉重的黑色
我祈祷
新的一天　楼宇间升起的太阳
不会被阴霾层层遮着
天空依然是透明的
望过去　能看到往昔时光里
清澈的小河
相遇的人们
没有擦肩而过的冷漠
眼睛里闪着善良和快乐

我祈祷
新的一天　能够拥有一份工作
不用那么辛苦和奔波
能够收获一份简单的爱情
筑一个还算温暖的小窝
能够拥有一份友谊
不需要表白太多

能够拥有一双儿女
在你的眼前嬉闹　唱歌

或许我的虔诚
能够让神灵不再沉默
赐福爸爸妈妈
晚年的生活　福气多多
赐福我的孩子
少一点功课
笑容里透着童真的本色

我相信
一切悲剧源于过错
从来就没有奇迹
只期盼兑现曾经的承诺
我相信
一切轮回源于因果
未来的收获
是今天种下的善与恶

我还相信
今天终归是历史
历史是惨白的　往往没有颜色

今天终归是回忆
回忆是悠长的　往往没有颂歌

新的一天
是闹铃声　是收音机里的嘻哈广播
或许还有一杯绿色醇香的牛奶
这样的一天有千万个——
我的　今天的生活

远方与归途

从没说过孤独
伴着雪花的飞舞
慢慢
把飞扬的心绪逐一细数
你眸子里的光芒
悄悄扎起了远方的路
是带着玫瑰色的归宿
此刻
我在青岛的威海路
爱菲莱咖啡的吊椅上
窗外是没有表情的行人
停不下无声而匆匆的脚步

是的
电话那头的声音如初
再也没有说过孤独
蒙蒙的冬雨如雾
轻轻
翻起的叹息如散文般窸窣
曾经的远方呵
竟然是流浪的归途

此刻
我在台北的敦南路
诚品书店的角落里
窗外的霓虹抹去了夜幕
静谧中再把往日的故事
逐一平铺
才发现
岁月这杯咖啡是玫瑰色的
浸润着迷人的香气
也有淡淡的涩与苦

此刻
心里没有远方
也没有归途
只有极致的心情
瞬间在这里驻足

新的一天　是春天

我能看见

岁月的心情

在池塘般的宁静中沉淀

吹皱的波澜

是回忆中的樱花

霎时的绚丽满天

那纷飞的片段

转眼洒满了我的庭院

拾不起这份遍地遗落的凄美

无奈中轻轻放下青春

相信新的一天

是春天

我能看见

青涩的果实

在臂弯般的枝头上轻颤

日出又月满

风雨中耕耘的日子

歌唱着阳光璀璨

呵护与守望

雕刻成沧桑的容颜

● 相信重逢

收获是不是依然那么遥远
无奈中渐渐习惯了期盼
相信新的一天
是春天

我能看见
纤细的手指
轻轻捏着看不见的诺言
无语的唇间
那深深的绛红色
是遗落的玫瑰花瓣
缥缈的背影渐远
深情的目光没有疲倦
能相约重逢一次吗
风雨中紧紧抱着你
相信新的一天
是春天

有这样一种光芒

有这样一种光芒
那是你的目光
信任与默契
镌刻着岁月流水长

有这样一种光芒
那是你送我的温暖太阳
晨来夕往
花开草香

有这样一种光芒
那是手机屏的荧光
平实的日子里
你的话总是如涟漪般荡漾

还记得二十五岁吗
一首歌唱得那么响亮
依旧年轻的面庞
只是照片有些泛黄

这又是一个春天

想把你的笑脸

再次画在晨曦透射的墙上

把这份岁月祝福

邮寄给你

邮寄给故乡

相信故乡的风景依旧

还是那段海堤

你相册里的倒影

伴着粼粼波光

岁月唠叨

相信重逢

总是经不起岁月的唠叨
又响起沙哑的老歌调调
浮尘中的十年背影
把酒当歌
也算是很好　很好

总是经不住岁月唠叨
一天天相伴的快乐与烦恼
惹你生气了
你就笑一笑
磕磕碰碰
也算是很好　很好

我记得你潇洒的拥抱
记得酒杯里的豪言和午夜摇曳的街道
记得曾经的身影窈窕
记得长发飘飘
和咖啡馆里的氤氲味道
是的
每年的春天里
我会写一个祝福
祝福你的一切
越来越好

在流连

日子过得很平淡
回首却又是十年
老舍公园林荫道上的背影
是你我不舍的青春
在流连

天空依旧那样蓝
转身却换了容颜
八大关石墙下的婀娜身影
是你遮不住的美丽
在流连

梦还是那么远
故事总是在重现
老电影院里的那些黑白电影
只剩下唯美的片段
在流连

忘不了那些絮语
如流水潺潺
忘不了镜头里的躲闪

含羞而甜甜

忘不了风吹起的香草味

柔柔　绵绵

在流连

曾经祈祷于苍穹
逃亡于轮回里的蓦然注定
岁月在折叠
挣扎在 窄窄的一方星空
沥干了梦

还会遇到你

那些星辰的轨迹
总有一颗是自己
放飞了多少诺言在青春里
才发现注定要相遇

这么多年是否很珍惜
匆忙中有些忘记？
假若岁月可以重来一回
相信在那个春天——
还会遇到你

总为你的眼睛着迷
却忘记了翻动日历
樱花霎时灿烂又落满地
才发现是那年的相遇

这么多年你依然美丽
模糊了年轮的痕迹
假若岁月可以重来一回
相信在那个春天——
还会遇到你

总是紧紧围绕着你
就像藤蔓亲密相依
每一个笑容都刻着我的印记
才发现是前世的相遇

一年一年长高了
相伴多少担忧和欣喜
假若岁月可以重来一回
相信在那个春天——
还会遇到你

相信重逢

你的温暖　就是我的春天

无论他乡或者身边
雾霭的遮掩
匆忙中是否错过？
无论看见　或者看不见
总有一声问候和呼唤
那是彼此最需要的温暖
你的温暖
就是我的春天

无论风雨或者严寒
岁月的遮掩
偷走了太多的无奈？
无论璀璨　或者黯淡
渐渐把曲折变成平缓
那是彼此不能忘却的昨天
你淡淡的回忆
就是我的春天

无论早晨或者向晚
梦境的遮掩
似乎忘记了周围的世界？

无论驻足　或者追赶
胸中的澎湃恰似青春的和弦
你火热的诗篇
就是我的春天

无论巷尾或者窗前
长发的遮掩
模糊了那个浅浅的影子？
无论浓艳　或者是恬淡
如一杯香茗氤氲弥散
亲爱的　桌前的黑白照片
就是我的春天

相信重逢

电影天堂

看着54路电车
叮当叮当擦过身旁
两条冷冷的铁轨
折射着如月夜的
青色光芒
牵着你的手
和你一起细细打量
陌生而又熟悉的城市
可是遐想中的那般模样?

光复路上长长的砖墙
遮不住曾经辉煌的殿堂
两扇斑驳的宫门
衬映着琉璃瓦的波光
凝结沧桑
和你重温往事
黑白胶片已经发黄
九岁　是你和我的童年
轻轻的梦一样的徜徉

相信同一个故事

相信重逢

在你的作文本里和我的回忆里
都是散发着幽幽的芬芳
相信这个名字
沉甸甸的如那尊旋转的铜像
长春　我的电影天堂

还是相信春天吧

那么多笑容背后
有多少凌乱和烦忧
寒风也吹不散的雾霾
又遮挡了几多温柔
匆忙　又匆匆
忘记了问候
还是相信春天吧
你绽放在枝头
和我的心头

那么多楼宇背后
有多少阴影和遗漏
阳光照不到的角落
朝着缝隙中的天空嘶吼
一声　一声声
没有回声　也不回首
还是相信春天吧
你绽放在街头
和我的心头

那么多灯光之后

有多少落寞和哀愁

记忆和故事如尘埃抖落

是最后一班地铁过后

一年　又一年

岁月如神偷

还是相信春天吧

你绽放在窗头

和我的心头

那么多傍晚之后

有几多霓虹和路口

车灯编织的五色斑斓

是孤独里伸向夜色里的手

近了　又远去

好似温暖却又颤抖

还是相信春天吧

你绽放在午夜

和我的心头

那么多倾诉之后

有多少沉默和含羞

点缀在随风飞扬的长发里

如今却藏在深秋

相信重逢

隐约　又模糊
惟有眼波如湖水之皱
还是相信春天吧
你绽放在肩头
和我的心头

相信重逢

曾经迷失在风中
这一路尘沙飞扬的征程
没有了太阳
瑟瑟地　用胸腔的跳动
驱赶寒冷

曾经祈祷于苍穹
逃亡于轮回里的蓦然注定
岁月在折叠
挣扎在　窄窄的一方星空
沥干了梦

曾经失散了
曾经有约定
曾经相信一定会归来
在同样的心境里
相信同样的重逢

看得见春天　就好

或许随着心情
在喜欢的那处风景里
流连或者奔跑
或许随着心中的想象
迷恋一条街道
驻足或者倚靠
随遇而安　就好
有一个蜗居　就好

或许窗外看不到景色
静谧或者喧嚣
也淡然如贵族般清高
能够看到阳光里的浮尘
能够触摸到空气的湿潮
是家的味道
一点慵懒　就好
凌乱中带着奢侈　就好

或许偶尔一个人的晚宴
躲在餐厅的角落
疲惫或者寂寥

免去尘世的搅扰

享受一会儿难得的空白

灯影恍惚飘摇

捡一点岁月　　就好

踩一踩记忆里的草地　　就好

或许单色的冬天太长

回首或者远眺

习惯了坚持和默祷

那些坡地　　那些沟坎

走过了才知道

那是从未变过的路标

雪化了　　就好

看得见春天　　就好

相信重逢

默默拾起的青春物语

耿煦东

Postscript 后记

无论是读诗或者写诗，都应该是简单而纯粹的。当一条小溪，从上游的潺潺而歌，渐渐汇流成浊浪的江河，才发现流逝的已无法回头，回忆中的青果味道，竟然是青春独有的芬芳。

《相信归来》这本诗稿是在一九九二年成稿的，当时尾页的联系电话还是六位数，被推荐了三家出版社，均因要缴两千元来保证印数而作罢。我们这代人，年轻时没有太多的娱乐形式，大多都愿意写点东西，到处搜刮一些能读到的书籍，这或许是迷惘青春中能做到的最直接，也是最简单快乐的事。

或许是因为年初突发心脏病在鬼门关里走了一遭，或许是因为孩子在异国读书而触摸不到他青春的真实轮廓，茫茫然中添了对年龄和未来的恐惧。在一个无聊的星期天下午，清理书房里的书籍，在书橱底柜的一堆陈旧报纸里面，翻出了这本青春的物证。稿纸已经很脆，经不起太多的翻动，坐在小板凳上，在一堆杂物之间，细细读起才发现，自己的青春竟然是彩色的。整整一个下午，都沉浸在一个遥远的，遗落的，细雨绵绵的四月里。那一刻，只想拾起来，与老友们分享，或者向我的孩子讲述。

这些短诗，最早的写于一九八六年，还是高中时代。其中大多数都发表过，也有一些现在看着实在是读不下去，就删掉了，补充了一部分这些年逢春节写的"贺岁诗"。不知不觉几十年，汉语词汇和语境也在悄然变化，字里行间依然能看出那个年代的印记。而当时写作时，部分因情因景而起的副标题，重新读起的时候，已无多大的意义，也就一概删掉了。另外原来有一些歌词是单独成辑的，只选了几首，也没再标记，那些段落对仗特别工整押韵的即是。二十世纪八十年代出版的诗集单本大多都是小册子，类似袖珍书，而如今的书籍很少有这样的单薄感。于是，诗不够，画来凑，选了一些近十年来拍的摄影小品，加了进来，以保证书籍的基本厚度。应该说，人们阅读习惯的改变，真的不需要来特意出版这么一本书籍，只是青春时代的那种铅字、墨香和纸张的质感，已经融为视觉、嗅觉，甚至是一种肢体触觉记忆。

这本诗集是友谊的见证，更是老友们的一份呵护和鼓励。感谢我的大哥——青岛市作家协会副主席戴升尧先生，以一篇见证我们共同成长的随笔作序，他轻轻拈起一片记忆里游荡的羽毛，撩拨起属于我们那个年代的一群人的内心悸动，笔触却如刻刀，挑开了我们内心最柔软的一部分，又悄悄掩盖了脆弱，让我们这些过来人的青春，看起来还算比较坚强。

同时感谢我的另一位大哥——青岛日报社研究室主任崔均鸣先生，他是集文学、书画、美学等领域著名的跨界学者。十多年来，最喜欢的事是和他闲聊——主要是他聊我听，大师胸怀与风采，谈古论今，才华横溢又幽默潇洒。他利用数个周末躲在画室里为诗集创作了封面和插页五幅水彩画，并给题写了书名，让整本自娱自乐的诗集从视觉和质感上提升了不止一个档次，诗情画意，韵味长长。

另外也要感谢中国海洋大学出版社编辑室主任郭利女士，因为同为民盟盟员，一接触也就少了那一分距离感，免了很多客套，以其非常专业的当代出版业体系和流程，从初稿调整、开本、纸张、印刷逐一提出建议，并根据我凌乱而模糊的一些想法，推荐了非常优秀的设计师，大大缩短了整个出版流程的时间。

青岛光合时代文化传媒的祝玉华先生，是一位年轻的，在业界很有名气的专业图书美术装帧设计师。我们可以说是"一见钟情"，本来打算怎么着也得花一个下午加一个晚上时间，好好聊聊那些纷乱的想法，生怕聊不透。谁知见面拷完书稿资料，不到半小时的时间里，他连续几个问题抛出，全都戳到我的"要害"，并凭第一感觉提出整书全彩印，把沉浸岁月的主题，通过色彩来析出当代的审美感，并且在通篇全彩的设计基调上，内页极力控制与收敛，接驳传统图书风格的质感与雅致，考究而大气，美轮美奂。

还要感谢半岛都市报社副刊编辑孟秀丽女士，给予全书样稿的校对工作，以及高勇男先生，一直在各个环节予以协调和通联。

其实，还有很多话想说。近三十年来心里一直感动的是，那么多的兄弟姊妹，在岁月的长河里，一直不离不弃，每一次遇到磕绊，都伸出了温暖的手，拉一把，搀扶一下。

这一份默默支持与鼓励，如一道彩虹，是漫漫征途中的绚丽风景与色彩。我希望把这本小册子，当作明信片，或者是贺卡，给远方的或者是身边的每一位朋友，在每一个新年伊始，在偶尔愣神或者发呆的空隙，在你深爱的孩子成长的瞬间，送上我的深情祝福和问候。

写于二〇一九年十二月，付梓之际

N O T E

NOTE

N O T E

NOTE